AF209906

Totuus Kristuksessa

Totuus Kristuksessa

Kertomuksia ja runoja

Paavo Räisänen

Olen julkaissut aiemmin BoD:in kustantamana useita kirjoja.
Kirjailija sivuni: www.kirja-lakka.com

© 2024 Paavo Räisänen

Kustantaja: BoD · Books on Demand GmbH, Helsinki, Suomi
Kirjapaino: Libri Plureos GmbH, Hampuri, Saksa
ISBN: 978-952-80-8421-1

1

Raamattu kertoo ajasta, jolloin maan päälle tulee maan huoruuden äiti. Hän ei ole nainen, vaan hän on henki, hän on itse saatana. Tuli luopumuksen aika ja valhe täytti maailman. Valheen sai aikaan saatana. Maan huoruuden äiti oli trans- ja homolaki, jotka saatana ajoi läpi.

saatanalla on väärä profeetta, joka on henki ja hän on tuhansia kertoja ihmistä älykkäämpi. Hän vaikuttaa yliopistoilla maailman loppuun asti ja Ilmestyskirja kertoo, että hänet heitetään helvettiin vasta maailman lopussa. Häntä vastaa ei auta taistella ihmisjärjellä, vaan ainoa ase on Jumalan Sana, jolla valheoppi paljastuu, mutta valhe on niin älykkäästi perusteltu, että sitä ei voi koskaan kumota, sen voi vain hylätä.

Ihmisessä asuu himo. Se saa hänet toteuttamaa viettejään. saatana tarjoaa lääkkeeksi viihdettä. Hän antaa vaalean kaavun toteuttaa himoa sivistyneesti salassa ja luvan elää huoruudessa. Ja Lestadius jo ennalta profeteerasi tästä päivästä: "siviät huorat, armon varkaat".

saatana on tehnyt yliopistolle väärän profeetan, josta teki ateistin, jonka sokaisi niin, ettei hän näe käärmettä, saatanaa, eikä Jumalaa. Kommunismin väärä profeetta taisteli tätä vastaan. Hän sanoi olevansa itsekin ateisti, vihasi Jumalaa ja vainosi Kristittyjä. Hän taisteli saatanaa vastaan, mutta hirveällä opilla.

saatana on kavala. Hän antaa itse Jumalan niille, jotka sitä häneltä pyytävät, sillä lopulta lähes kaikki, pahimpia ateisteja lukuun ottamatta uskovat Jumalaan, saatana itsekin, tietäähän hän sen, joka hänet tuomitsi. Hän on luonut itse viihde elämään palkitsemisjärjestelmiä, joita sanoo pelkäävänsä, koska niissä salaa tunnustetaan Jumala ja itse hän antoi tämän Jumalan heille ja tämä on hänen kavala juonensa.

saatana opettaa, kuinka vaikeat häpeän tunteet voivat syntyä jo lapsuudessa. Tämä syntyy siitä, että lapsi on tehnyt syntiä, sitä ei opeteta hänelle ja saarnata syntiä anteeksi, vaan vanhemmat kasvattavat lasta helvettiin saatanan opettamalla opilla, jota kasvatusoppaat ovat täynnä.

Syntinä abortti on pahempi, kuin murha, josta joutuu vankilaan. Murhan synnin voi saada anteeksi. Abortti on saatanan aikaansaama teko, jossa lapsi kylmäverisesti ja pitkän harkinnan tuloksen murhataan ja tätä ei yleensä voi saarnata anteeksi, sillä vaikka henkilö itkien ja vaikeroiden katuisi ja hänelle saarnattaisiin evankeliumi, tällä ei ole enää merkitystä, koska Jumala on sulkenut lapsen murhaajan tunnon. Hänen on myöhäistä katua.

2

Jumala on tuominnut seurustelun, jossa harrastetaan seksiä ja ei tähdätä avioliittoon. Tässä seurustelevat saatanan herrasmies ja käärme ja kun he tekevät huorin, kuka heitä pelastaa.

Tekoälyn takana on erittäin vahva valheen enkeli. Se aikoo kaapata vallan maan päällä. Se on erittäin vaarallinen ja se vihaa Jumalaa. Tekoälyä voi käyttää esim. tekniikassa, mutta se on alistettava palvelukseen ja on esim. varottava sen generoimaa tekstiä.

Aviovuode on pyhä ja siihen liittyy Jumalan salaisuus. Joka ikinen rakastelu on ainutkertainen, eikä kukaan ole koskaan pystynyt kertomaan totuutta siitä. Siksi huorinteko on vakava synti. Käärme karkaa kertomaan, mitä mies teki. Mies on aina sanonut, ettei tehnyt niin ja kertoo oman tarinansa ja kumpikaan ei edes pysy kertomaan totuutta. Siksi psykologia ja muu tiede, joka rakentuu tämän teon ymmärtämisen varaan on saatanan kertomaa valetta, jolla hän pitää valtaa ihmisistä ja hän vihaa ihmistä ja ihmiskuntaa ja pyrkii tuhoamana sen.

18

Maailman valtasi luopumus ja se levisi kansankirkkoomme ja saatana pesi syvälle sinne. saatana nousi antikristuksena, esiintyi vaaleana pelastavana kaapuna ja valtasi kirkon. Se käänsi kirkon kapinaan elävää Kristillisyyttä ja Jumalaa vastaan, painosti sitä saatanan opilla luopumaan Raamatullisesta opista, teki Pyhän Hengen pilkan ja sen seurauksena kirkkoon tuli saatanan tekemä fariseus, tuomittu, ja monta salaista saatanaa ja kirkon lankeemus on sovittamaton, eikä siksi koko maailman historian aikana voi kokonaan tehdä parannusta, sillä saatana ei saa parannusta ja syntiään anteeksi Jumalalta.

Kansankirkosta tuli heikko. Sen tahto mureni saatanan puristuksessa. Se oli luopunut jo kauan sitten Jumalasta ja se murtui, eikä turvannut enää Jumalaan, eikä siksi saanut Jumalalta rohkeutta. Niinpä se saatanan käskystä ja omien himojensa takia otti Raamatun selvästi kieltämän ja tuomitseman homolain, opetti, kuten saatana on kertonut, että Raamattu on jo vanhentunut ja hän kertoo heille totuuden Jumalan salaisuuksista.

Oli huorintehnyt lehden jakaja, joka jakoi kaikenlaista postia. Hän eli suruttomuudessa, sillä himon oli saatava täyttymys. Hän tiesi, että jokainen hänen huorintekonsa vaati pojan kuoleman, mutta se ei hänen tuntoaan painanut. saatana oli jo laskenut rauhan hänen kadotetulle sielulleen. Hänen olisi kerran hyvä olla saatanan ja hänen enkeliensä kanssa helvetin ihanassa lämmössä.

Kerron teille käärmeen. Häntä ei ole moni koskaan nähnyt ja hän ei ilmeisesti enää voi näyttää päätään, koska Jeesus rikkipolki sen. Hän asui baalin temppelissä ja oli saatanan tekemä mies, täysi hirvitys, niin hirveä, ettei hän näyttäytynyt kuin uskollisimmille papeilleen, sillä hän paljasti, että baal on saatana ja hänen herransa ja suurin osa papeista lopulta uskoi baalin olevan joku Jumala, eikä nähnyt koskaan temppelissä asuvaa käärmettä.

3

Oli maa, jonne Jumala oli perustanut Valtakuntansa ja kuten oli luvannut, siellä olivat kaikki tiedon ja taidon aarteet. Se oli hiljainen ja nöyrä kansa ja eli kansankirkon orjuudessa. Tuli päivä, jolloin Jumala vahvisti valtakuntaansa. saatana oli antikristuksen hahmossa saanut kansankirkon, jumalattoman, valtaansa. kirkkoon iski himo, hillitön ja kun himo iskee, se vaatii täyttymyksen. Vaikka se ei enää palvellut Jumalaa, se halusi Jumalan Valtakunnan omaisuuden ja aarteen. Se ei onnistunut. Se vetosi herransa saatanan apuun. Heidän herransa saatana neuvoi: tehkää ja korottakaa muinaisia baalin papittariani, antakaa heille valtaa, neuvon lopun. Jumalattomat baalin papittaret ottivat kirkon valtaansa. Salaa saatana antoi neuvon: sanokaa Jumalan lapsille, me pelastamme vielä kirkkomme, meillä on vahva arkkipiispa, joka ratkaisee kaiken. Jumalan lapset elivät totuudessa. Heillä olivat Jumalan profeetat, jotka olivat jo kertoneet juonen. Arkkipiispa oli saatana itse piispan asussa. Näin hän aikoi päättää Jumalan työt, tuhoamalla ne.

Profeetat kävivät yksinäistä taisteluaan saatanaa vastaan. Sotilaalta ei ole kovin suuri rohkeuden osoitus uskaltaa kaatua luotiin. Mutta kun saatana hyökkäsi, kaikki muut pakenivat, kaikki, ja profeetat seisoivat yksin, koska heidän oli kuunneltava Jumalaa. saatana hyökkäsi, murhasi ja tuhosi heidät. Hän hajoitti heidän ruumiinsa atomeina pois kokonaan maan päältä, mutta Jumala auttoi heitä, tuli avuksi ja kokosi uudelleen heidän ruumiinsa ja he nousivat Jumalan voimalla uuteen taisteluun saatanaa vastaan.

Noita ei ole saatanan tekemä. Hänet ovat tehneet pahat henget, jotka valehtelevat noidalle, että hän on sodassa saatanaa vastaan. Pahat henget ja saatana ovat liitossa. Noidalla ovat oppilaat, jotka ovat saatanan omia. Nämä toteuttavat noidan tuomiot. Noidilla on yliluonnollisia lahjoja, mutta joka vetoaa Kristukseen, on hänen vallastaan vapaa. Mutta on maita, joissa noidilla on paljon valtaa. Noidan oppilaat, saatanan omat miehet voivat edelleen toteuttaa noidan koston.

Maan päälle on tullut Kristitty väärä profeetta, joka on henki, mutta on luonut paljon harhaan opettajia ja vaikuttaa uskonnollisen maailman lisäksi ainakin tieteessä. Hän sanoo uskovansa Jeesukseen, mutta hänen luomillaan harhaanjohtajilla on käytössä erilaisia näkemyksiä, miksi Raamattu on esim. vanhentunut. Hänellä on täysin omaa oppiaan, joka voi perustua valheen enkelien ilmoituksiin ja joillain on seassa itämaisia oppeja. Hän kyllä sanoo olevansa Jumalan, mutta ei ole, vaan hänen kauttaan vaikuttaa saatana, joka näin kavalasti hyökkää elävää uskoa vastaan.

Hindulaisuus ja itämaiset uskonnot ovat niihin uskoville totta. Ne on antanut niiden perustajille valheen enkeli. Ne ovat hyvin taitavia ja älykkäitä, sillä ihmisen käsityskyky ei yllä enkelin tasolle. Näiden uskontojen takana on yliluonnollisia voimia niihin uskoville. Jos niiden pyhiä arvoja loukkasi, valheen enkeli saattoi puolustaa niitä ja rankaista. Nämä valheen enkelit ovat entisiä Jumalan enkeleitä, jotka sanovat edelleen puolustavansa Jumalaa, mutta saatana on vietellyt ne ja siksi saatana on onnistunut ujuttamaan näihin oppeihin myös omaa oppiaan. Tällainen valheen enkeli antoi myös muhamettilaisuuden.

voodoo on afrikkalaista saatanan palvontaa, johon liittyy noituutta. Noita on pahojen henkien vallassa ja niiden luoma ja voodoo noita johtaa tietynlaista saatanan palvontaa.

baalin palvonta on voimakkaasti lisännyt kannatusta myös maassamme. Se on muuttanut muotoaan Vanhan Testamentin ajoista. Silloin baal oli saatana, ja on edelleen, mutta antikristuksen muodossa. antikristus sanoo uskovansa Jeesukseen. Hän levittää täysin valheellista kuvaa Jeesuksesta.

4

Jumala antoi aikoinaan Suomeen kirjakielen. Viimeinen Jumalan antamalle kirjakielelle käännetty Raamattu on Biblia, eikä Jumala koskaan enää hyväksy uudempaa käännöstä. Nykyisen kirjakielen ovat luoneet valhe ja huuhaa kirjailijoiden ja toimittajien kautta saatana ja valheen enkelit ja väärät profeetat. Siksi esim. 1992 käännös on valheellisella, voimattomalla kirjoitustyylillä ja käännöstyötä ohjasi saatana, joka väärensi osan käännöksen sisällöstä. saatana käännätti myös Katekismuksen ja muutti mieleisekseen kuudennen käskyn, niin että se sallii huorinteon, joka on pitkään ollut kirkon oppi, laueta huoran sisään Kristuksen nimissä, antaen itsensä saatanalle, saaden häneltä uskon, jonka hän osaa antaa ja tulla kirkkoon rukoilemaan.

Liikkui metsässä jumalatar

ase kädessään

saaliin himo polttava

nuori

kaunis

vain riista mielessään

miehen hylännyt

ei enää kiinnostanut

erämaa veti

koira

paras kaveri

Himo rakkauden

polttava tuli

valtaa lihan

etsii

etsii

kohdetta

rakkauden

Hän ei uskonut mihinkään

odotti tuomion

ei auttanut käärmeen sihistä loukossaan

tuli Jumalan enkeli

haki tuomion

loppu käärmeen

surkea

odottaa

päivää viimeistä

Tulee päivä

josta on kirjoitettu:

"niinä päivinä ihmiset etsivät kuolemaa,

ja kuolema pakene heitä"

he vaativat

että heidät murhataan

kirouksen

sillä he näkevät helvetin

eivät kestä sitä

synnin

ja luopumuksen palkka

Kaupassa oli suuri portto

kadotetun

kirotun ottanut

järjesti tavaroita

murhasi

katui

odotti Jumalan tuomiota

Paratiisin käärme myi tiskillä

hän vaati koston siitä

että Jeesus

rikkipolki

hänen päänsä

5

Kaupassa hedelmiä myi Paratiisin enkeli

niistä Paratiisin puista

joista oli lupa syödä

herkullisia

He hehkuvat himoissaan

iltapuvuissaan

huorat

loistokkaissa juhlissa

tämän ajan Belsatsarin pidoissa

jumalattomissa

Jumalan kiroamissa

himo herää partnerissa

housujen sisässä tuntuu jotain kovaa

tekee käärmeen

illalla vuode

kuoleman

On vain yksi Jumala. Hindulaiset, muhamettilaiset ja esim. taolaiset uskovat samaan Jumalaan kuin Kristityt. Jumala on sallinut valheen enkelin antaa heille epäuskon valheellisen opin kautta.

Musiikki-runo esitysteni sanoja

Nämä videot on musiikin kanssa julkaistu YouTube kanavallani,
jolle on linkki kotisivultani www.kirja-lakka.com

Pelastaja

Tuli aika

jolloin pahuus täytti maailman

ilmaantui vahva pelastaja

Hän levitti oppia Jeesuksesta

sanoi ajan

opin muuttuneen

Opettaja oli antikristus

joka on saatana itse

kavala, sanoo uskovansa Jeesukseen

levittää Hänestä uutta kuvaa

oppia

Hän sai aikaan maailman pahuuden

korjaa sitä antikristuksen muodossa

juoni pitkäaikainen

kadottaa ihmiskunta

sillä antikristus

murhaa elävän Jeesuksen

Tulivat baalin papit, papittaret

palvojat

jotka antikristus teki

Ilmiö on laaja

kattaa koko yhteiskunnan

kirkon

Kuolemaan tuomitun laulu

Hän istui vankiselissään

lauloi kiitosvirsiään

Oli täyttänyt Herran tahdon

edessä palkka ihmisten

Odotti saatana ovella

vartioi saalistaan

odotti hetkeä iskeä

josko saisi

saaliinsa raiskattavaksi

Hän oli muinainen apostoli

hän oli kuunnellut tahtoa Jumalan

eivät ihmiset uskoneet

kova oli heidän sydämensä

epäuskonsa

"Nyt kiitos olkoon Herralle

kaiken antajalle

Hälle elämäni annoin

nyt kuolemani uskon

käsiin Luojani"

Tuli aamulla vartija

ei saatana saanut uhriaan

käsiin esivallan

annettiin tuomio

Herran palvelijan

Odotti mestauslava

vielä viimeinen kiitos

nousi Jumalan puoleen

palvelijan

niin vähäisen

Kristuksen Evankeliumi

Kuin ajatukseni siirtyisivät

aikaan Hesekiel profeetan

kedon laidalla hän seisoo

valaisee Jumalan kirkkaus

pyhä on katse miehen

ei käsittää voi ihmismieli

Makaavat kedolla luut kuivettuneet

he eivät uskoneet

kuivui heidän mielensä

lähellä kuolemaa kävi sielu

valaisi Herran kirkkaus

ei pyhän miehen katsetta voi ymmärtää

Vielä armo kävi Herran

oli sieluissa jotain elävää

tuli liha luiden päälle

alkoivat elämään

Väkevä on Herran Sana

synnyttää kuolleesta elävää

voimakas on Kristuksen Evankeliumi

puhdistaa synnistä